短歌リズムのある暮らし

三上りょう

書肆神保堂

三十一文字の吐息で　何気ない日常を言葉のデザートに変える日々…。

三上りょうと申します。短歌作家をしています。カメラや紅茶、路地裏の猫が好きです。

短歌を仕事にしてみたいと思ったきっかけは、「うちの店の紙を使って何か作ってみない？」という、画材屋に勤めていた友人の言葉でした。

初めに、日記帳につらつらと書き溜めていた短歌と写真を合わせて展示作品に仕上げ、個展を開きました。

その後も、ポストカードや自主制作本を作ったり、展示会や朗読ライブを行ったりといった、短歌を魅《み》せることを仕事にしています。


どんなときに歌を詠むのですか？　とよく聞かれます。日々の暮らしの中で、とりたてて題材を探すようなことはしていません。詠みたくなったら言葉を書き留めて、言葉を足したり引いたりして短歌の形にしていきます。

書き留めたフレーズは、ワインのように寝かせてみたり、場所を変えてノートを広げてもう一度見返したり。いつも、今の私だから言えること、感じたことなどを短歌にしたいと思っています。

ご自由に
お取り下さい★
Take this free
FUKUOKA MAP
和
観光案内所
Tourist Information Center

ため息を　つんで　遊んで　手を振って
君という名の蜜に出会った

新潟の良寛《りょうかん》という純米吟醸酒をこよなく愛していました。誰かとではなく、一人で味わいたいお酒でした。

　辛口で、すぅーっと喉を落ちて、二口目、三口目で体に染み込んでいきます。合わせる肴《さかな》は、菜の花に茹《ゆ》でたうずらの卵をあえたもの、奈良漬のクリームチーズ、甘味噌《みそ》を載せた胡麻《ごま》豆腐。しっかり食べたいときには、アボカドとご飯を混ぜて出汁《だし》醤油で。

　このお酒と出会ったのは、最初に持ったアトリエのすぐ近くの酒屋さん。白髪の店主は、ふだんは無口ですが、日本酒のことになると話が尽きません。立ち飲みもやっていて、いろいろな地域のお酒の話を聞かせてくれました。


　恋とお酒はよく似ています。

時間や場所で、酔い方が変わる。それもまた楽しからずや。

　雪見障子《しょうじ》の向こうに午後の日溜まりを感じながら、今夜はどこで酔いたいのか、そっと自分に尋ねてみます。

やわらかな蜂蜜色の午後が来て便箋という遊びに誘う

私がまだ小学生だった頃の話。

いつも帰りの遅い父は、夜は私が寝てから帰って来て、朝は私より早く出かけていました。

母は専業主婦で、私を産んですぐにがんを患い、ずっと入退院を繰り返す生活。もともと活発な人で、退院している間の元気な時は、自宅でお菓子教室を開いたり、手芸を楽しんだりもしていました。

たまに私を祖母に預けて、父と二人きりで、日帰りの旅行をすることも。それを寂しいと思ったことはありませんでした。


ある日、玄関のチャイムが鳴って、私がドアを開けると、母の大好きなかすみ草の花束を持った父が立っていました。すぐに母を呼ぶと「家の鍵が見あたらなくて」と照れ臭そうに言い訳をする父。何の記念日でもありませんでしたが、「早く帰ることができたので、ゆっくり過ごしませんか」という母へのお家デートの誘いだったのかもしれません。

母は二階へ私を呼んで、「どっちの花瓶がいいかな」とまるでドレスでも選んでいるかのような笑顔で聞いてきます。

恋人から夫婦へ。恋は形を変えても、二人にとって大切なものは変わらなかったのでしょう。

図書館で夕方デートするような暮らしが欲しい　猫もいるけど

心ばかり
前田

読みかけの本を開いて過ごす平日の午後は、縁側で鳴く猫になった心地がします。
私以外の誰かになりたいと思ったときに、誘われるように「にゃ」。

居心地の良さを奪われないように、携帯の電源をオフにして、そっとバッグの中へ。時計を身に着けているときは、外してしまいます。そうして、自分と本の間をできるだけシンプルにして、栞《しおり》を挟んでいたページを開きます。

本は一冊好きになると、その作者を追いかけてしまいます。詩歌なら、金子みすゞ、短歌なら俵万智、笹井宏之、与謝野晶子。小説なら、乙一、羽田圭介、柳美里、江戸川乱歩。

疲れた目を休めるために窓の外を眺め、運ばれてきたグラスに口づけながら、誰とも会わない一人遊びの時間を過ごす。
大人になってからも大切にしていることのひとつです。

Salon du JAPON
MAEDA
こく
はく
りょく
極ほうじ茶
極煎茶
デラックス
グリーンティー

月うさぎ見つけられない大人にはなりたくなくて　まだ下校中

豆腐料理が大好きです。

この季節になると家では、木綿豆腐をカテージチーズ風にして柚子胡椒《ゆずごしょう》を添えたものや、そら豆とにんじんの白和《しらあ》えなどを作り、スパークリングの日本酒や国産の白ワインと合わせて楽しみます。

好きな食べものが一緒。
そんな人と出会うことが憧れでしたが、ちょっとずつお互いの好みが重なっていく暮らしもいいな、と感じるようになりました。

新しく好きなものをみつけたり、いつの間にか好きになっていたり、いくつになっても「こだわり」を受け取って、心惹《ひ》かれることに素直でありたいと思っています。

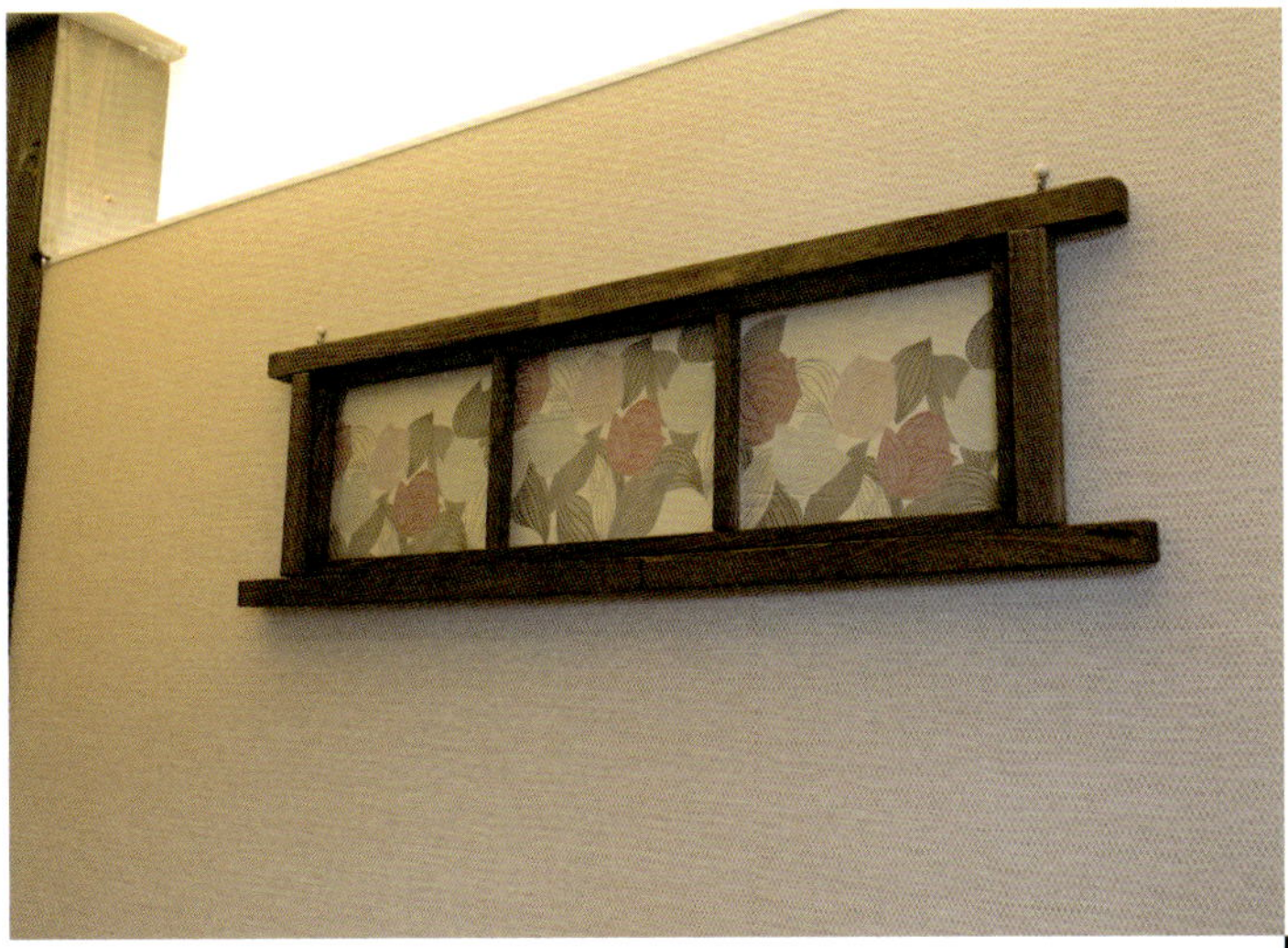

メイプルの誘惑のせるパンケーキ
一人の棘を溶かす三日月

胸元に攻め込む君の口づけは桜の露《つゆ》のような輪郭

仕方なく寝たふりをする愛猫の視線の先のふたり朝焼け

海を見に行けば私は同じだけ広い明日を求めてしまう

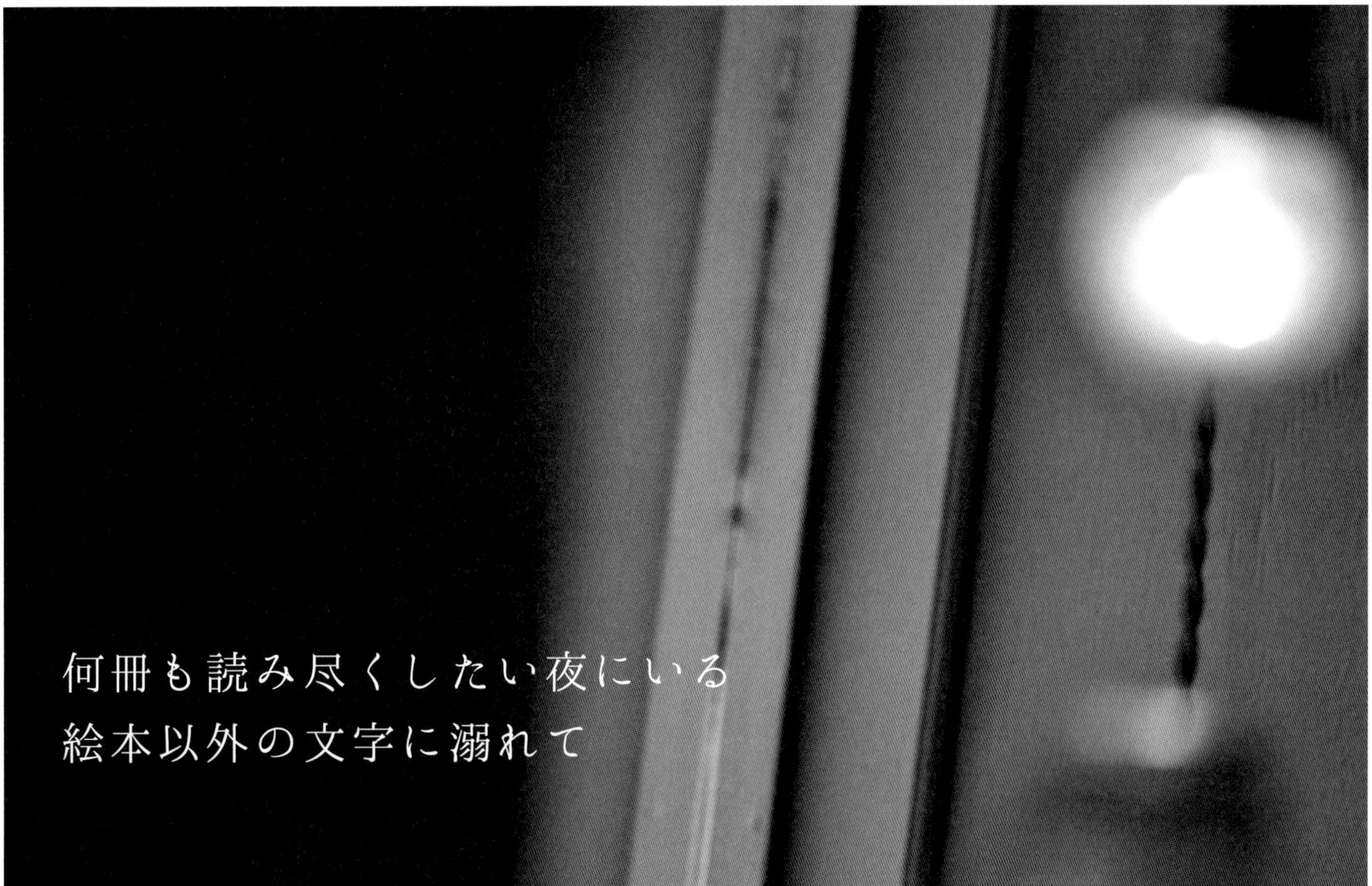

何冊も読み尽くしたい夜にいる
絵本以外の文字に溺れて

君のいたあしあとひとつ窓際にガラス細工の風鈴が鳴る

BAKERY BLUE BEAR
B.B.B
BAKERY BLUE BEAR

七月、普段はお酒に合う一品を作ることの多い私ですが、この季節になるとチェリーのジャムを作ります。

作り方は以前、夏の間だけ一緒に暮らしていた人から教わりました。

まずは、ジャムを作るための木べらとガラスの小瓶をいくつか用意します。

チェリーは洗って、柄《え》と種を取ります。手鍋に入れて、レモン汁を注いだら、砂糖をまぶして一晩寝かせます。

チェリー自体が甘いので、砂糖は少なめに。煮込むときのポイントは、水あめを入れることと、すぐに煮詰まるので鍋から目を離さないこと。最後にキルシュ（さくらんぼから作る蒸留酒）を入れると香りがたちます。


休日の朝。まだ涼しい時間に散歩に出かけ、食パンや胡桃《くるみ》パンを買って帰ります。

食パンに、さっとバターを塗って卵を挟んだだけのシンプルなサンドイッチに仕上げたら、チェリーのジャムにブランデーを混ぜてアイスティーに添え、ちょっと遅めの朝食をいただきます。

B.B.B
BAKERY BLUE BEAR

「おかえり」のあなたの声は今日という白き器を染める幸せ

クラフト作家さんが作る器が好きです。

ひんやりした夏の飲み物も、陶製のコップに注いで飲みます。器に氷の角が当たる音が、涼しさを運んでくれる。

お揃《そろ》いのコップと小鉢で、夜が更けるまで飲んで語った恋もありました。

まだ作品の発表をはじめたばかりの頃だったので、展示会に人が入らないかもしれないと心配になったことや、これから続けていくことへの不安。彼は時折私のコップにお酒のおかわりを注ぎながら、優しく頷《うなず》き「大丈夫だよ」と言って、オレンジジュースで付き合ってくれました。

今でもいい思い出で、その器は食器棚の奥で眠らせています。

今度、食器棚に水玉模様のコップが仲間入りします。「抹茶アイスを入れて楽しもうか、かぼすのソーダも合いそう」そんなひとときも、楽しみのひとつです。

ゆっくりと暮れていく休日に、「これから出会うかもしれない誰かも、器好きだったら嬉しいな」と気持ちが膨らみます。

優鬱にも色があるかもしれなくて真っ赤に染まりきれないルージュ

六月の冷たくなった煮魚に酔った男のキスはいらない

音乱れて抱かれてみたりする朝は誰の名前も呼んであげない

さよならはいつも唐突だからこそ、
愛するものを選んで生きる

初夏の麻のジャケット
ただ傍にある愛を知るためだけの朝

ベランダに猫を逃がした日は少し風に名前をつけるみたいに

飲みかけのアイスコーヒー手渡して　あなたがくれた夏の気まぐれ

平日の午後のひとひらになること　たとえば二人あの観覧車

どうしても忘れられない男の背、唇、美術館の屋上

「いつもの店で」

そう言って誘ってくれていた。あなたの手は温かかった。

甘くないコーヒーが好きなのに、この店のカフェオレは特別だと言う。

その特別を、ほんの一口もらう。

カフェオレボウルを持った手があなたの両手にそっと包まれた。

少し遅れてダージリンティーが届いた。

REALDEA

ケヤキのコーヒーカップ
各¥4000

Lunch
Drink
Alcohol
CAFE TIME
& CAFE
order stop
sun

もう一度　君で満たされたい恋は　さよならだけが失恋じゃない

年に一度、少し遠くの街へ旅をします。
今年は出身地である大分県にしようかな、数年前に行った大阪へもまた行きたいな、というように長く考えを巡らせて。

旅のお洒落《しゃれ》はここで、と決めているお店があります。

自分から選ぶ感じではなく、「この服、きっとりょうちゃんに似合うと思うよ」と言って何着かコーディネートしてくれる。

洋服だけじゃなくて、靴、ストッキング、髪型やイヤリングのことも教えてくれます。

オーナーも猫好きで、たまに猫の話も。


洋服を買い揃《そろ》えたら、準備完了。

旅先では、昼は美術館や特徴的な建造物を見て回り、夜はその土地のお酒を楽しみます。帰りには自分のために小さなお土産をひとつ。

部屋で仕事をして一息ついていると、ふとそのお土産が目に留まります。そして、これまでの旅を思い起こしては、次の旅への期待を膨らませるのです。

Carré an

なりたいと言えた夕月のしっぽは飴色の増す栞のかたち

二十歳を少し過ぎた頃、紅茶とブランデーが楽しめる夜カフェを開いていました。ですが、紅茶に関しては全くの素人で、お客さんから茶葉の名前などいろいろと教わっていました。

あるとき、紅茶の入門書を常連さんからプレゼントしてもらい、その本を片手に専門店を巡り始めました。福岡市内はもちろん、山口、熊本、大分を巡り、そのときに出会ったのが北九州市にあるAunty《アンティ》でした。ここには本の中には載っていない「いろは」があり、特にロイヤルミルクティーには感動しました。

どうしてもこの味を再現してみたい、と思い、時間をみつけては何度も足を運んで、少しずつ味を覚えて帰ったものです。私にとっては、何かに夢中になれる楽しみを教えてくれた場所でした。

やがて、この味をベースに納得のいくオリジナルレシピを完成させ、店で出して好評を得ました。

その後、レシピを徐々に増やしていき、夜カフェらしくティーカクテルもメニューに加えました。

数年後、短歌のアトリエを開いたときには、ごく自然な流れでおもてなしの紅茶を淹れていました。夜カフェを持っていた経験が、アトリエに居心地の良さを与えてくれたと思います。

申し訳ございません
禁煙にご協力下さい

泣くだけで許されたってことにして
愛の種類をわずかにずらす

どちらかを選ぶ月曜日は　ラテで　二人が欲しい　一人も欲しい

「嫉妬してくれますか？」って誤って聞けずに今日もワインの浅瀬

たりないと　煙草未遂のくちびるを　さらう　ただ　ただ甘い雨音

顔や手を

優しさはどこへ飛び去る
哲学のように残ったギンナンノミ

飴ひとつ舐め終える距離　君の住む街まで続くほんのり林檎

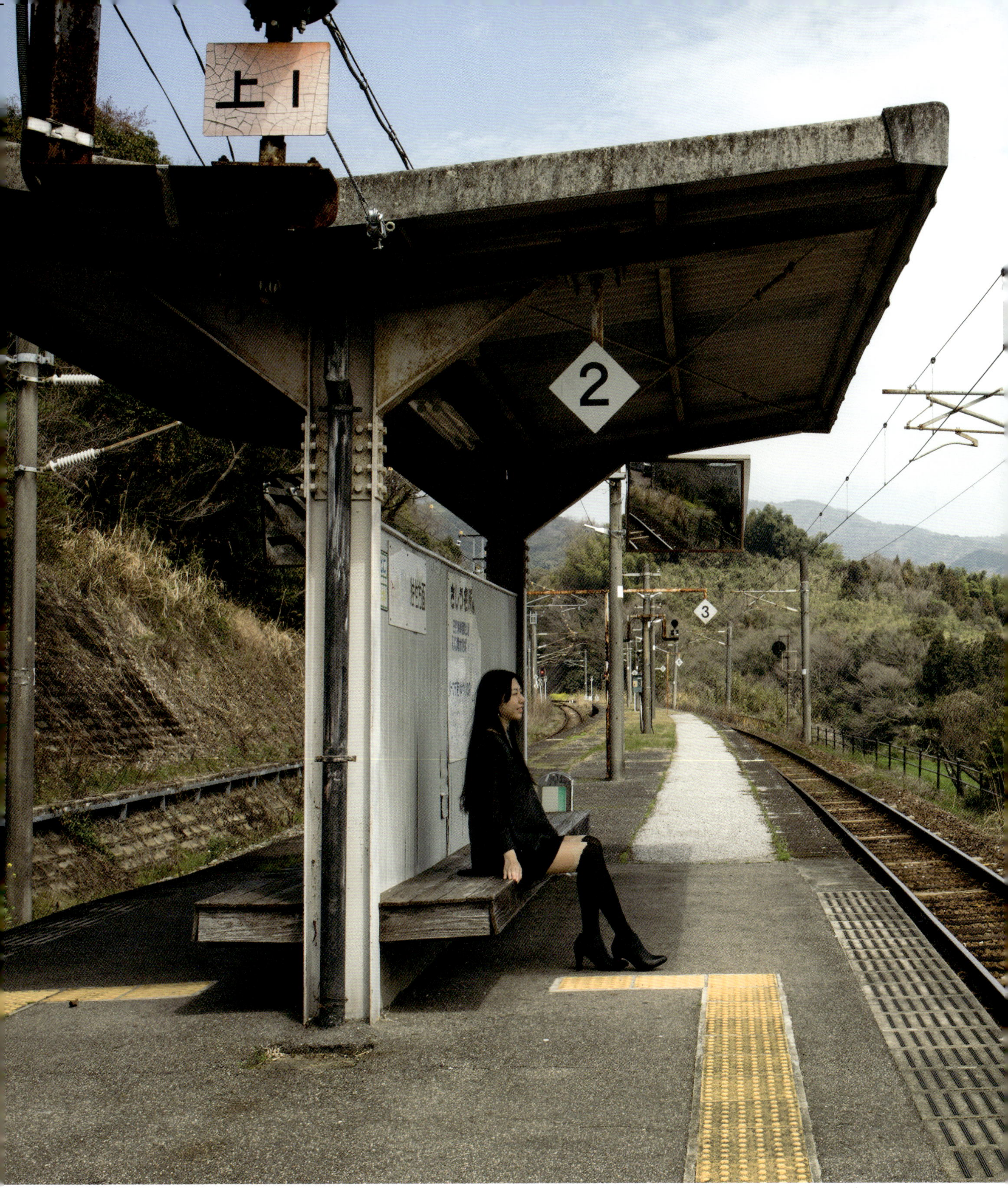
上1
2
3

私の初恋は片思いでした。小学生の頃から、三歳年下の子がずっと好きで、でもそのことを言い出せず、気づかれないように振る舞っていました。その子とは住んでいる地区が同じで、春の遠足ではいつも並んで帰っていました。

私の名前の後ろに「さん」ではなく「ちゃん」をつけて呼んでくれる、可愛《かわい》いところのある男の子。

ある日、帰り道で一緒に立ち寄った公園に大きな犬がいて、その犬を怖がって通れなくなっていた下級生の女の子を助けた姿を見て、好きになりました。

実は私も犬が怖いことを言うと、笑っていた彼。私が中学生になってからも何度か待ち合わせて一緒に帰っていましたが、次第に疎遠になりました。

地元を離れるまで、ずっと「好き」という気持ちはそのままでした。

3

夕凪を一人きりで歩きつつ砂の時計でたどる思い出

クラッシックバレエを習いに大分市内まで通うため、よく電車を使っていました。地元に旅する電車の中で、当時、祖母がよくボンタン飴とコーヒーキャラメルを持たせてくれたことを思い出しました。

駅に降り立つと、何も変わっていないような町並みに癒されます。

中学生だった頃、ハンバーガーやクレープなどではなく、揚げたてのぎょろっけを買って食べながら歩いた道。ぎょろっけは、魚のすり身と野菜をコロッケのように揚げたもので、唐辛子がアクセントになっています。

文房具の大好きな私のためにあるのではないかと錯覚するような商店、青いガラス玉の入ったラムネを売っていた駄菓子屋さん、とりの唐揚げをいつも爪楊枝《つまようじ》に刺してひとつだけサービスしてくれた店。音楽会の鑑賞に出かけるときの洋服を選んだおしゃれ着の店。

今はないお店もありましたが、新しい喫茶店や子どもたちの遊び場ができていました。

印
切手類
郵〒便
POST
JP
POST
日本郵便

星屑の夜をくれるって約束　下の句を探す旅に出るかも

偶然の出会いを大切にしたい。

帽子にはまっていた時期がありました。雪うさぎみたいになれるもの、画家っぽいもの、など形ではなく、描いたイメージに近い帽子を選んで、そのまま被《かぶ》ってまた街に戻っていく。

音楽も一緒です。インストルメンタルが好きで、カフェやバーで流れている音で気に入ったもののCDをその日に買って帰ったりもします。

だけど、恋の場合は勝手が違います。臆病になってしまうことも。

カウンターのふたつ隣りの席に声をかけてみたい人がいるのに、できない。こんなとき、短歌なら素直に詠めるのに、なんて思いながら時間だけが流れていく。そんなじれったい気持ちを本当に歌にすることもあります。

言葉を交わさない、見惚《みと》れるだけの出会いも素敵です。

それればかりでは苦しくなってしまうので、臆病であることを今だけ忘れたことにして声をかけることもあります。

しばらく話しているとお互いに緊張も解けて、その店の常連さんであることや、最近、空の写真を撮りにでかけたことがわかったり、何気ない会話に心が弾みます。

「また会いたい」とお互いが思えたときの喜びも短歌になる日が来るかもしれません。

触れぬままありふれていく日常に満たされるごと注ぎ足すわいん

階段を上っていくと見慣れた明かりがひとつ。
ドアを開けると、グラスを磨いていたマスターが「いらっしゃいませ」と軽く声をかけてくる。まだ早い時間で、客は私だけ。
一杯目に、シャンパンベースのカクテルを注文する。いつもは、レモンを使ったモスコー・ミュールか赤ワインをグラスで注文することが多いのだけれど。

待ち人が来るまで、マスターに話し相手になってもらう。24日の夜は仕事で忙しかったこと、ちょっと遅めのプレゼントに手帳を渡すこと、最近観た映画の話。

あの人はいつも遅れて、残業のあとという飾りをつけてやって来る。
まだ来ないことに何の疑いも持たなくなるまでの年月《としつき》を、二人で重ねてきたことにふと微笑《ほほ》んでしまう。
ドアが開いて、二番目の客が入って来た。

コンパスでちいさな円を描いたら君が残った私の心

「誰を待つ椅子になりたい？」手を振ったあとも余韻の恋を待ちたい

帰り道　一緒だなんてシロップに染まろうとする　ひとり花びら

三十一の手錠あたえてしまうには　おしい男の弾く鍵盤

雨に乞う　ふたりの糸のゆく先は　もしもの眠るぬるきアッサム

借り物のコートに跳ねる坂道で心のままを零してしまう

ガーネット色のライトの水際に君の靴音だけあったかい

君となら
饒舌はときにラビリンス
もうひと眠りしたい朝へ…

「桜より梅のようだね」これからの隣で君は吾を喩える

ふと新しいペンとノートが欲しくなることがあります。
何を書くと決めているわけではありません。書きたくなったときのための準備です。

街の雑貨屋さんに置いてある紙ものや文房具が好きです。

選んでいる時間は子どもの頃に戻ったよう。はじめてスペイン製の淡いブルーの表紙のノートに出会ったときは、ちいさな光の粒が弾けたような嬉しい気持ちになりました。

とくに週末によく立ち寄ります。短歌の会の前や、近くで開かれているピアノとヴァイオリンのミニコンサートの帰り道、店の前にある公園の猫に会いに行くときなどに。

コルクでできたポストカード立てや、猫の形のペンを手に取って、「どこの国のものなの？」「今度の入荷の予定は？」と、店主と話をしながらの買い物は、放課後にいつまでも教室に残っておしゃべりをして帰った記憶に似ています。

飼い猫と椅子取りゲームする夕べ恋はまだないけどいい暮らし

HAPPY
HAPPY

Black
REPUBRIC
12/12

里親となって猫と暮らしていたことがありました。

その子は、アメリカンショートヘアによく似た雑種で、頭の上のちょうど真ん中の茶色の毛がチャームポイントでした。生後二ヶ月にしてはとても小さく、尻尾が気になるようで、くるくる回ってはすぐに噛《か》んでしまい、その部分だけ毛が抜けていました。

一緒の暮らしも半年が過ぎたあたりから環境に慣れてきたのか、回ることも少なくなったのですが、まだ鳴き声を聞いていないことが心配になって、念のためにお医者さんに診てもらいました。

特に悪いところはないようで、もう少し様子を見てみることに。

猫は一匹だけで人と生活していると自分が猫であることを忘れてしまう、と本に載っていたことを思い出して、猫の鳴き声のCDを聴かせてみたところ「うみゃ」みたいな声で何度か鳴いてくれました。

大人の猫になってからも一年に二、三回しか鳴き声を聞かないため、部屋のどこにいるのかわからないことがありました。

その後、一緒に暮らすことができなくなり、友人に引き取ってもらうことに。

今でも、たまに会いに行くのですが、全然寂しがってはいないようです。

君の手が黒髪をすく　またこんな理由で好きがはじまっていく

MERCI

ELAVEIL

REGISTA

二ヶ月に一度、カットのために訪れる街があります。筑豊電鉄に揺られて、小さな無人駅に降り立つと、すぐに公園が目に入ります。

菜の花の季節に、そこで子猫を見かけたことがあります。予約の時間までだいぶ間があったので、ベンチに腰を下ろし春の陽気を楽しんでいたら、丸い枠で囲われた砂場に小さな姿がふたつ。白と茶の全く同じ縞柄《しまがら》の二匹は、じゃれ合っているのか、つたない猫パンチをしたり、追いかけっこをしたりしていました。

あのときの子猫たちは元気に暮らしているのかな。別の場所へお引越ししているのかな。

また会えるかもしれない、もう会えないかもしれない。寂しがり屋の私には、それがなんだか悲しく感じられます。

こんなときには、ペンと紙で気持ちを込めた歌にして残します。

Spot

P4 ～ 7
SUiTO FUKUOKA
福岡市中央区今泉 1-2-29
Tel:092-724-1055

P8 ～ 11
Hana coco
北九州市八幡西区本城学研台 1-4-13
Tel:093-693-8566

P12 ～ 15
茶論　Salon du JAPON MAEDA
北九州市小倉北区中島 1-15-3
Tel:093-512-3077

P16 ～ 19
とうふ家酒瀬川
福岡県糸島市南風台 8-4-7
Tel:092-332-9541

P22 ～ 25
BAKERY BLUE BEAR
北九州市戸畑区新池 2-7-1
Tel:093-882-2133

P26 ～ 29
frangipani
福岡市早良区南庄 6-10-25
Tel:092-821-1218

P36 ～ 39
REAL DEAL
北九州市八幡西区熊手 2-2-25
Tel:093-631-0011

P40 ～ 43
Cour Carré an
北九州市小倉北区室町 2-1-14　プラスビル 1 階
Tel:093-583-3308

P44 ～ 47
Aunty
北九州市小倉北区船場町 6-2　ガッシュビル 2 階
Tel:093-513-5355

P50 ～ 53
佐志生駅
大分県臼杵市

P54 ～ 57
セメント町界隈
大分県津久見市

P58 ～ 61
Mic comercy
福岡市中央区薬院 1-14-18　1 階
Tel:092-713-5445

P62 ～ 65
Les eaux de Mars
北九州市小倉北区鍛冶町 1-3-10　ニュー平和ビル 2 階
Tel:093-551-6666

P68 ～ 71
grande roue
北九州市八幡西区八千代町 5-19-102
Tel:050-5589-6510

P72 ～ 75
黒猫屋珈琲店
福岡市中央区大名 1-5-5
Tel:092-725-5050

P76 ～ 79
REGISTA HAIR
北九州市八幡西区竹末 1-12-18
Tel:093-616-0935

短歌リズムのある暮らし

2016年6月10日　初版第1刷発行

著者・装丁　三上《みかみ》りょう

発行者　神保茂

発行所　書肆神保堂
〒807-0825 福岡県北九州市八幡西区折尾四丁目31-6-107
TEL 050-5539-9499　FAX 050-3730-8222

ISBN 978-4-9908754-1-1　C0026
Printed in Japan

印刷　グラフィック